AF363998

VENTE

Du Lundi 31 Mars 1884

TABLEAUX

PAR

EUGÈNE LAVIEILLE

COMMISSAIRE-PRISEUR

Mᵉ Léon TUAL

Rue de la Victoire, 39.

EXPERT

M. BERNHEIM jeune

Rue Laffitte, 8.

ADDIXIT
IMPRIMERIE DE L'ART

CATALOGUE

DE

TABLEAUX

ET ÉTUDES

DE

EUGÈNE LAVIEILLE

PAYSAGISTE

DONT LA VENTE AURA LIEU

HOTEL DROUOT, SALLE N° 8

Le Lundi 31 Mars 1884, à 3 heures précises

Par le ministère de M LÉON TUAL, commissaire-priseur.

39, rue de la Victoire, 39

Assisté de M. BERNHEIM jeune, expert,

8, rue Laffitte, 8

EXPOSITIONS

PARTICULIÈRE	PUBLIQUE
Le Samedi 29 Mars 1884	**Le Dimanche 30 Mars 1884**

DE UNE HEURE A CINQ HEURES

CONDITIONS DE LA VENTE

La vente aura lieu expressément au comptant.

Les acquéreurs payeront en sus des enchères *cinq pour cent* applicables aux frais.

Paris — Imprimerie de l'Art, J. Rouam, 41, rue de la Victoire

EUGÈNE LAVIEILLE

Eugène Lavieille est né à Paris, le 29 novembre 1820. Il serait donc aujourd'hui, d'après ce radoteur d'état-civil, dans sa 64ᵉ année. D'après sa peinture qui sait mieux ce qu'elle dit, Lavieille est tout au plus âgé d'une trentaine d'années. C'est un amant épris, qui donne des rendez-vous à l'Aurore ou au Crépuscule, comme d'autres « jeunes » recherchent d'autres amours.

Ces rendez-vous, mystérieuses entrevues de la nature et d'un poète, Lavieille y arrive toujours le premier. Il aime! Il s'impatiente lorsque la barre d'or rouge est trop lente à déchirer l'obscurité du ciel. Mais aux premières lueurs roses caressant les tertres gris, aux premiers liserés de feu glis· sant le long des branches, aux premiers sourires de la nature en éveil, Lavieille retrouve ses enthousiasmes de la vingtième année, son cœur bat, ses yeux se voilent d'une larme furtive : la rosée des maîtres paysagistes! La nature, touchée, vaincue par une tendresse si rare, se livre alors tout entière. Elle murmure à l'oreille de Lavieille son divin secret. Elle laisse tomber ses derniers voiles devant ses yeux éblouis.

Les soixante et un paysages qui seront exposés à l'hôtel Drouot, les 29 et 3o mars, représentent exactement, dans

leur étonnante variété, l'œuvre multiple et considérable
de ce maître, qui fut longtemps le peintre de l'aurore, et
le peintre du jour avant de devenir le peintre de la nuit.
Ah! ces *Nuits* d'Eugène Lavieille, quelle surprise, quelle
émotion elles produisirent, même après les incomparables
Levers de lune de Daubigny et les divins *Crépuscules* de
Corot! La critique fut unanime à acclamer cette « note
inédite », qui faisait penser aux plus belles pages d'Alfred
de Musset. On avait, désormais, le peintre de la nuit,
comme on avait le poète des *Nuits.* C'est au Salon de 1878
qu'apparut la première tentative de ce genre. J'ai conté
ailleurs la genèse de *la Nuit. La Celle-sous-Moret-sur-
Loing (Seine-et-Marne)*, un chef d'œuvre qui hanta le
génie de l'artiste durant quarante années! Quel enseignement pour notre génération de faiseurs.... Le grand
succès de 1878 marque une glorieuse étape dans la carrière
de l'éminent paysagiste. Il était hors concours, on le
nomma chevalier de la Légion-d'Honneur. Depuis, les
musées et les galeries particulières se sont enrichis des
toiles de ce peintre « arrivé ». Or, Lavieille ne laissant
sortir de son atelier que des œuvres profondément médi-
tées, produit relativement peu. Ce sera donc, pour les
amateurs et surtout pour les connaisseurs une excellente
fortune, que cette vente de soixante et un tableaux
annoncée pour le 30 mars prochain. Grâce à l'obligeance
de M. Bernheim jeune, l'habile et aimable expert, nous
avons pu voir à loisir, et avant tout le monde, les nou-
veaux ouvrages d'Eugène Lavieille, et nous ne croyons
point nous tromper en leur prédisant un succès très grand
et très légitime.

D'abord, voici une dizaine d'effets de nuit qui seront
vivement disputés. C'est l'*Église de Bretoncelles (Orne)* :
l'artiste a représenté la rue principale du village, qui mène

à l'église, et l'église elle-même qui se dresse, lourde et massive comme une église russe ; la rue, vue de face, est coupée çà et là de traînées lumineuses. Il se dégage de cette toile une saisissante sensation du repos gagné par les durs labeurs agrestes. On devine que derrière ces murs grossiers, sous ces humbles toits envahis par la mousse, des paysans de Millet sont endormis.

Le même sentiment anime la *Nuit d'hiver*, la *Ferme des Coulineries à Moutiers* (Orne), dont les arbres dénudés se détachent nettement sur la neige bleuissante. La *Maison de Jean le Guenilleux, dit la Misère* (au Libéro, Orne), est navrante avec ses deux corps de logis (et quel logis !) qui semblent s'écarter à regret pour laisser passer entre eux un chemin désert. Quelques arbres frémissent près de là, pâle sourire effleurant une face désolée.

La *Masure du plateau du Libéro* est peut-être la plus admirable de toutes ces *Nuits*. Le dessin en est simple et concis : un hameau se profilant sur un plateau pierreux, rabougri, coupé de rigoles et de flaques d'eaux où se reflètent des pans de ciel.... C'est simple et c'est grand. Mais ne nous attardons point à cette merveille, car elle n'ôte rien au mérite des autres ouvrages : *Une Rue à Moret-sur-Loing*, si calme avec ses murs blancs et gris perdus dans la demi-lumière crépusculaire ; *Clair de lune au gué de Maulny au Mans* (Sarthe), ce dernier offrant une particularité : c'est un clair de lune avec lune, et l'on sait qu'Eugène Lavieille, dans ses compositions habituelles, laisse toujours la pâle Séléné dans la coulisse céleste. Ici la Lune éclate, resplendissante, irradiant tout de sa blanche lumière, dessinant le profil des hauts peupliers, faisant courir sur l'eau des frissons d'argent.

De superbes effets de nuit encore, représentant de petites rues à Bretoncelles, la Booz, entrée de hameau avec son chemin descendant et, aux premiers plans, des buissons caressés par

Cette pâle clarté qui tombe des étoiles.

Mais arrachons-nous au charme des « nuits », car il nous reste à admirer des « matins », « des jours » et des « soleils couchants », d'un mérite non moins incontestable : *les Pommiers en fleurs à Beaubuisson*, une avalanche de neige rose égayant les collines bleues sur lesquelles se détache une profilée de maisons rustiques ; *le Crépuscule à Bretoncelles (novembre)*, dont le ciel martelé de taches violettes bleues et grises s'harmonise avec des terrains d'un vert exquis ; *l'Après-midi de juillet à la Celle près Moret-sur-Loing*, si calme, si lumineuse, avec sa large échappée sur la campagne de Montereau. A gauche, un tertre élevé, séparé par un bouquet d'arbres feuillus, du village qui descend d'étage en étage, jusqu'à la rivière. Au delà, d'immenses prairies bordées de rideaux de peupliers. Au premier plan de gauche, deux roches arrondies herbeuses et moussues, une sorte de préface aux classiques rochers de Fontainebleau. C'est ici, dans ce paisible village, qu'Eugène Lavieille peignit *la Nuit*, de 1878.

Les futurs historiens de l'Art au xixe siècle pourront prendre bonne note de ce renseignement. De même, son second effet de nuit, cette admirable *Nuit d'octobre*, honneur du Musée du Luxembourg, Lavieille en trouva le motif à Bretoncelles (Orne), dont nous avons sous les yeux un nouveau souvenir : *les Chênes du Pré-Neuf*, des arbres robustes tordant dans l'air leurs rameaux chenus, tandis qu'à leurs pieds causent familièrement de jeunes pâtres, gardant leurs troupeaux.

Nous ne voudrions pas terminer cette étude sommaire

sans signaler encore quelques ouvrages qui nous ont particulièrement frappé, tels que : *le Perreux*, crépuscule ; *le Bornage de By*, délicieux effet de brume matinale, avec des cerfs sortant de la forêt ; *Aux Sablons* (Seine-et-Marne), scène printanière empreinte de la plus franche sérénité, pommiers en fleurs, paysannes assises dans l'herbe, toits ensoleillés. Et tant d'autres jolies toiles où les initiés, les délicats retrouveront les diverses manières du grand paysagiste, qui fut un des élèves préférés de Corot. A ceux-là, nous signalerons l'esquisse du tableau qui figura au Salon de 1880 : *la Crue de la Corbionne, à Bretoncelles*, actuellement au Musée de Rouen. Cette esquisse, en effet, est un enseignement. Elle montrera à quel point l'artiste pousse la consciencieuse recherche du dessin avant d'aborder l'étude du coloris. Nous l'avons dit, c'est un penseur, un poète, qu'Eugène Lavieille. Il a donc adopté la formule du plus grand poète de ce temps : *Du granit dessous, des fleurs dessus*. J'allais oublier l'essentiel, le mot qui explique tout un caractère : resté toujours fidèle aux deux contrées, l'Orne et la Seine-et-Marne, qui lui donnèrent les éléments de ses premiers succès, Eugène Lavieille est bon, aussi bon que Corot, le divin Corot, qui l'a formé à son image. En d'autres termes, le *jour* n'est pas plus pur.... que le fond du cœur du peintre de la *nuit*.

Firmin Javel.

DÉSIGNATION

1 — Les Chênes du Pré - Neuf ; Bretoncelles
(Orne). Matinée de Juillet.

> Haut., 62 cent. ; larg., 1 mètre.

2 — L'Église de Bretoncelles (Orne) ; nuit.

> Haut., 1 mètre ; larg., 82 cent.

3 — Les Fours à chaux à Moret (Seine-et-
Marne) ; temps gris.

> Haut. 92 cent. ; larg., 73 cent.

4 — Carrière abandonnée à Moret (Seine-et-
Marne) ; après-midi, octobre.

> Haut., 65 cent. ; larg., 81 cent.

5 — Le Vieux Pommier de Beaubuisson; Moutiers-au-Perche (Orne).

Haut., 65 cent.; larg., 81 cent.

6 — Moutiers-au-Perche; Beaubuisson; matin,
effet de neige.

Haut., 44 cent.; larg., 72 cent.

7 — Matinée d'automne; les prés de Moutiers-
au-Perche (Orne).

Haut., 44 cent.; larg., 72 cent.

8 — Un Gué sur la Donnette, à la ferme de
l'Aulnaie; Bretoncelles (Orne); temps
gris.

Haut., 44 cent.; larg., 72 cent.

9 — La Ferme du chemin des Coulineries;
Moutiers-au-Perche; effet de neige.

Haut., 44 cent.; larg., 72 cent.

10 — La Juine, à Lardy (Seine-et-Oise).

Haut., 65 cent.; larg., 54 cent.

11 — Le Gué de Maulny au Mans ; clair de
lune.

Haut., 63 cent.; larg., 47 cent.

12 — Crue de la Donnette à Bretoncelles (Orne);
soir d'automne.

Haut., 47 cent.; larg., 63 cent.

13 — La Booz, près Bretoncelles (Orne); nuit.

Haut., 47 cent.; larg., 63 cent.

14 — Après-midi de juin, bords de la Seine à
Neuilly.

Haut., 47 cent.; larg., 63 cent.

15 — Saules dans la prairie de Saint-Mammès
(Seine-et-Marne).

Haut., 47 cent.; larg., 63 cent.

16 — Ile Beaudot; Neuilly-sur-Seine ; nuit.

Haut., 47 cent.; larg., 63 cent.

17 — Le Moulin Aubert à Pompierre (Seine-
et-Marne); matinée de juillet.

Haut., 47 cent.; larg., 63 cent.

18 — Matinée de juin ; île Beaudot, Neuilly.

Haut., 36 cent. ; larg., 58 cent.

19 — La Saulaie des Cressonnières à La Celle
(Seine-et-Marne).

Haut., 36 cent. : larg., 58 cent.

20 — La Maison de Jean le Guenilleux, dit la
Misère, au Libero (Orne) ; nuit.

Haut., 36 cent. ; larg., 58 cent.

21 — Les Pommiers en fleurs à Beaubuisson ;
Moutiers-au-Perche (Orne).

Haut., 36 cent. ; larg., 58 cent.

22 — Les Hauteurs de La Celle (Seine-et-
Marne) ; après-midi de juillet.

Haut., 36 cent. ; larg., 58 cent.

23 — Les Derniers Rayons ; Moutiers-au-Perche
(Orne) ; automne.

Haut., 38 cent. ; larg., 58 cent.

24 — Une Crue de la Corbionne dans les prés
de Bretoncelles (Orne); lever de lune.
*Esquisse du tableau du Salon de 1881,
acheté par le musée de Rouen.*

Haut., 38 cent.; larg., 58 cent.

25 — Pompierre; les bords de l'Hyères (Seine-
et-Marne).

Haut., 38 cent.; larg., 58 cent.

26 — Les Hauteurs de Canteleux, près Rouen;
temps couvert.

Haut., 35 cent.; larg., 58 cent.

27 — Le Bornage de Veneux-Nadon (Seine-et-
Marne); temps gris.

Haut., 35 cent.; larg., 58 cent.

28 — Le Perreux; Nogent-sur-Marne; crépuscule, avril.

Haut., 3o cent.; larg., 58 cent.

29 — Aux Sablons (Seine-et-Marne); Pommiers
en fleurs; matinée de printemps.

Haut., 32 cent.; larg., 52 cent.

3o — Matinée de juin ; Bords de la Seine à
Neuilly.

Haut., 34 cent.; larg., 46 cent.

31 — Lever de soleil à Andresy ; Bords de
la Seine.

Haut., 34 cent.; larg., 45 cent.

32 — La Sente du port de La Celle (Seine-et-
Marne).

Haut., 34 cent.; larg., 45 cent.

33 — Le Chemin de halage à La Celle (Seine-
et-Marne).

Haut., 45 cent.; larg., 34 cent.

34 — Une Rue de Moret-sur-Loing (Seine-et-
Marne) ; nuit.

Haut., 34 cent.; larg., 45 cent.

35 — Le Confluent du Loing et de la Seine à
Saint-Mammès (Seine-et-Marne) ; matinée de juillet.

Haut., 23 cent.; larg., 46 cent.

36 — Au barrage d'Andresy; aurore.

Haut., 28 cent.; larg., 49 cent.

37 — Masures du plateau du Libero (Orne);
nuit.

Haut., 28 cent.; larg., 49 cent.

38 — Bords de la Seine à La Celle (Seine-et-
Marne); temps couvert.

Haut., 28 cent.; larg., 49 cent.

39 — Crépuscule à Bretoncelles (Orne).

Haut., 28 cent.; larg., 49 cent.

40 — Saint-Mammès, vu de la route de Veneux
à By (Seine-et-Marne); après-midi
d'octobre.

Haut., 28 cent.; larg., 49 cent.

41 — La Vanne du Moulin de Pompierre (Seine-
Marne); matinée de juillet.

Haut., 28 cent.; larg., 49 cent.

42 — Effet de brouillard (bornage de By,
Seine-et-Marne).

Haut., 28 cent.; larg., 49 cent.

43 — Un Soir à Bretoncelles (Orne).

Haut., 25 cent.; larg., 45 cent.

44 — Entrée de la forêt de Voré au Libero
(Orne); automne. *Esquisse du tableau
du Salon de 1882, acquis par l'État.*

Haut., 27 cent.; larg., 35 cent.

45 — L'Église de Bretoncelles (Orne); temps
gris.

Haut., 35 cent.; larg., 27 cent.

46 — L'Ile Beaudot; après-midi de mai.

Haut., 27 cent.; larg., 35 cent.

47 — Les Bords de l'Hyères à Pompierre
(Seine-et-Marne); temps couvert.

Haut., 35 cent.; larg., 27 cent.

48 — Entrée de Veneux-Nadon (Seine-et-
Marne); matinée.

Haut., 26 cent.; larg., 35 cent.

49 — Pointe de l'île Beaudot, Neuilly (Seine).

Haut., 35 cent.; larg., 27 cent.

50 — Le Moulin de Breil sur l'Huysne, près
Pont-de-Gennes (Sarthe).

Haut., 23 cent.; larg., 35 cent.

51 — Incourt (Seine-et-Oise); nuit.

Haut., 23 cent.; larg., 35 cent.

52 — La Prairie de La Celle (Seine-et-Marne);
matin.

Haut., 23 cent.; larg., 35 cent.

53 — Bretoncelles (Orne). Route allant à Cour-
voisier; nuit.

Haut., 23 cent.; larg., 35 cent.

54 — Bretoncelles (Orne). Route allant à
Condé-sur-Huysne ; nuit.

Haut., 23 cent.; larg., 35 cent.

55 — La Plage de Veules (Seine-Inférieure) ;
temps couvert.

Haut., 22 cent.; larg., 35 cent.

56 — Entrée de Bretoncelles (Orne); matin.

Haut., 21 cent.; larg., 35 cent.

57 — Une Berge à La Celle (Seine-et-Marne) ;
temps couvert.

Haut., 20 cent.; larg., 35 cent.

58 — Pompierre (Seine-et-Marne); nuit.

Haut., 19 cent.; larg., 28 cent.

59 — Route de la Gare aux Sablons (Seine-
et-Marne); soir.

Haut., 19 cent.; larg., 28 cent.

60 — Prairie de Moret (Seine-et-Marne); soleil
levant.

Haut., 18 cent.; larg., 27 cent.

61 — Chemin de By à Chantoiseau (Seine-et-
Marne); clair de lune.

Haut., 16 cent.; larg., 22 cent.